Valéria de Almeida Dorio

O fantástico mundo de Tim e a sua Rotina Mágica

Ilustrações:
Roger Cartoon

Literare Kids
INTERNATIONAL
Brasil - Europa - USA - Japão

Copyright© 2024 by Literare Books International
Todos os direitos desta edição são reservados à Literare Books International.

Presidente: Mauricio Sita

Vice-presidente: Alessandra Ksenhuck

Chief Product Officer: Julyana Rosa

Diretora de projetos: Gleide Santos

Capa e ilustrações: Roger Cartoon

Diagramação: Gabriel Uchima

Editor júnior: Luis Gustavo da Silva Barboza

Revisão: Maria Catharina Bittencourt

Chief Sales Officer: Claudia Pires

Consultora de projetos: Daiane Almeida

Impressão: Vox Gráfica

Dados Internacionais de Catalogação na Publicação (CIP)
(eDOC BRASIL, Belo Horizonte/MG)

D698f	Dorio, Valéria de Almeida.
	    O fantástico mundo de Tim e a sua rotina mágica / Valéria de Almeida Dorio. – São Paulo, SP: Literare Books International, 2024.
	    20 x 20 cm
	
	    ISBN 978-65-5922-770-9
	
	    1. Ficção brasileira. 2. Literatura infantojuvenil. I. Título.
	                                                                                                                                    CDD 028.5

Elaborado por Maurício Amormino Júnior – CRB6/2422

Literare Books International Ltda.
Alameda dos Guatás, 102 – Saúde – São Paulo, SP.
CEP 04053-040
Fone: (0**11) 2659-0968
site: www.literarebooks.com.br
e-mail: contato@literarebooks.com.br

O fantástico mundo de Tim e a sua Rotina Mágica

4

Esta é uma história imaginativa e mágica para ajudar as crianças a compreenderem a importância das rotinas saudáveis e equilibradas em suas vidas. Ela mostra como uma rotina com abordagem positiva e divertida pode trazer mais felicidade e harmonia ao seu dia a dia.

6

Era uma vez, um menino chamado Tim,
que vivia num mundo onde todos
os dias eram diferentes.
Tim adorava essa liberdade,
mas algo estava errado.
Ele estava sempre cansado,
esquecia as coisas e
se sentia perdido.

8

Então, uma noite, a mamãe de Tim
sentou-se na cama dele e
eles começaram a conversar.
Ela lhe falou sobre o poder de ter
uma rotina e o presenteou com um
livro mágico, chamado "A Rotina do Tim".

10

Primeiro, a mamãe explicou que ter um horário para acordar ajudaria Tim a ter energia durante o dia. Depois de ouvir isso, Tim ficou intrigado. Ele sempre acordava quando queria, dormindo até tarde e, muitas vezes, se sentia cansado durante o dia.

12

"A hora que acordamos importa, Tim", explicou a mamãe. "Começar o dia cedo pode nos dar tempo de sobra para fazer todas as coisas que precisamos e queremos. A sensação de ter realizado muito antes do meio-dia pode nos dar muita energia!"

14

*No dia seguinte, Tim decidiu
seguir o conselho da mamãe.
Ele programou seu despertador para um
horário um pouco mais cedo do que
o habitual e, embora fosse difícil
no início, ele se levantou.*

16

Desenhe no livro a hora que você acha que seria bom acordar:

17

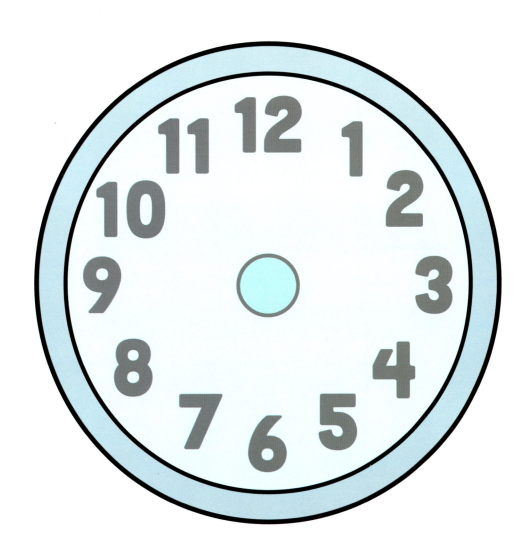

Em seguida, ela falou sobre a importância
de ir à escola a tempo. De maneira sábia e gentil,
a mamãe explicou ao garoto:
"Tim, ir à escola a tempo é muito importante.
Quando você chega atrasado,
perde partes valiosas da aula.
Além disso, estar sempre atrasado
pode deixar você e seus colegas
de sala desconfortáveis".

20

Pela manhã, recomendou que Tim
criasse uma rotina matinal agradável,
que poderia incluir o café da manhã
e a preparação para o dia escolar.
"Dessa maneira, você terá mais energia e
foco para aprender coisas interessantes
na escola!", disse a mamãe.

22

Agora, desenhe
como é o caminho da
sua casa até a escola:

23

24

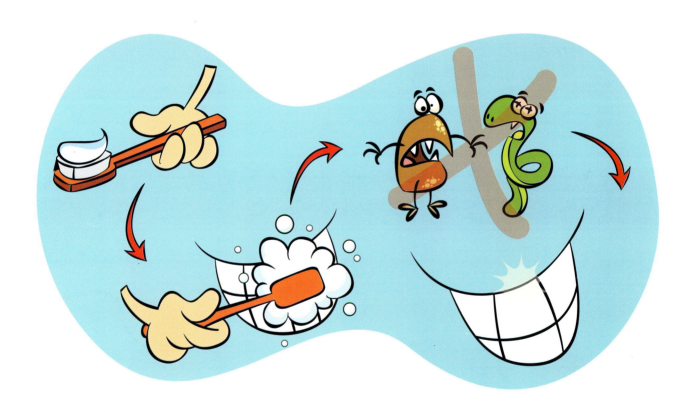

A mamãe também explicou a Tim sobre a importância de incluir a escovação dos dentes em sua rotina, dizendo: "Tim, escovar os dentes é uma parte muito importante do nosso dia. Assim como você come e brinca todos os dias, seus dentes também precisam de atenção e cuidado diariamente. Quando escovamos nossos dentes, estamos prevenindo cáries e mantendo nosso sorriso sempre bonito e saudável. É uma maneira de cuidar de nós mesmos. Portanto, vamos tornar a escovação dos dentes uma parte importante de nossa rotina diária, realizando-a todas as manhãs, ao acordar, depois das refeições e todas as noites, antes de dormir".

26

A mamãe continuou a conversa:
"Tomar banho, Tim, também é fundamental para nos mantermos limpos e saudáveis. Brincar é muito divertido, mas também nos faz suar e acumular sujeira na pele ao longo do dia. Tomar um banho ajuda a remover essa sujeira, mantendo nossa pele limpa e fresca. Além disso, também é um momento relaxante que nos prepara para dormir à noite ou para começar um novo dia.
Por isso, é importante incluir o banho em nossa rotina diária".

Agora, pense como é a sua hora do banho. Você costuma levar brinquedos? Existem bolhas de sabão? Que partes do banho você acha mais divertidas? Então, desenhe a sua hora do banho. A hora do banho pode ser divertida e agradável.

29

A mamãe ainda tinha algumas coisas importantes para dizer ao Tim. Ela sabia que o dever de casa é uma atividade que as crianças não gostam de fazer e, por isso, queria muito ajudá-lo:
"Ao fazer o dever de casa regularmente, Tim, você reforça o que aprendeu durante o dia na escola. Isso o ajuda a compreender melhor os conceitos e internalizá-los, tornando-se uma parte integral do seu conhecimento",
disse a mamãe.

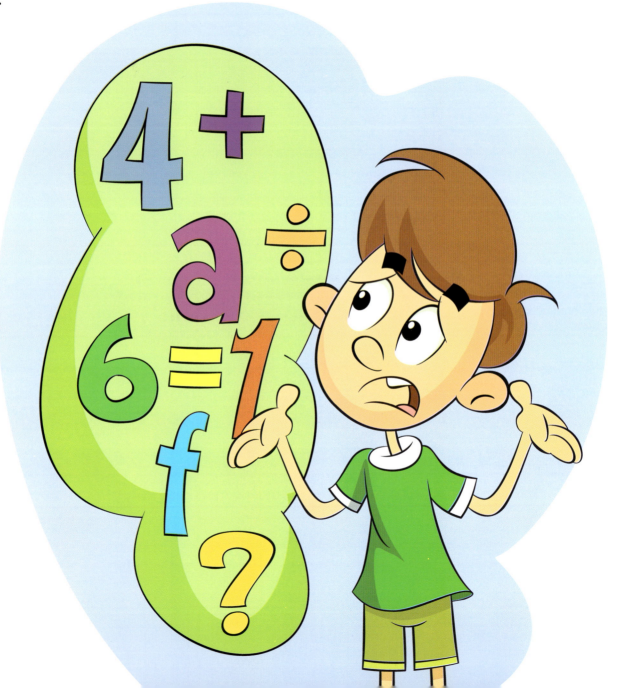

"Mas, mamãe, como faço
o dever de casa se, às vezes,
acho muito chato e difícil?",
perguntou Tim, olhando
para ela com olhos curiosos.

"Bem, Tim, vou lhe ensinar alguns truques mágicos: primeiro, é importante fazer pausas. Trabalhar por muito tempo pode tornar o dever de casa cansativo e desinteressante. Tente estudar por 25 minutos, e depois faça uma pausa de 5 minutos. Durante essa pausa, você pode se levantar, dançar, beber água ou simplesmente relaxar."

Em seguida, a mamãe olhou para uma prateleira carregada de livros e brinquedos e disse: "Além disso, transforme o aprendizado em diversão. Se estiver estudando matemática, por exemplo, use seus brinquedos para contar. Se estiver aprendendo a ler, crie vozes diferentes para cada personagem do livro".

Então, ela pegou um quadro branco e disse: "Finalmente, tenha uma lista de tarefas. Coloque aqui todas as lições que você tem para fazer e vá marcando à medida que concluir. Isso lhe dará uma sensação de conquista e o incentivará a continuar.
E lembre-se, está tudo bem pedir ajuda quando precisar. Nunca se esqueça de que você está aprendendo e que cada passo, por menor que seja, é uma vitória".

40

Com essas palavras de sabedoria da mamãe, Tim sentiu-se encorajado. Ele percebeu que o dever de casa não era tão assustador ou chato assim. De fato, poderia até ser divertido. E o mais importante, ajudaria Tim a crescer e aprender cada vez mais. Então, com um sorriso decidido, Tim voltou para sua mesa, pronto para enfrentar seus deveres de casa com uma nova atitude positiva.

42

A mamãe também não podia deixar
de falar sobre a necessidade de
um horário para dormir:
"Veja, Tim", começou a mamãe, com um
toque suave de seriedade em sua voz
melodiosa. "Sonhos mágicos e repouso
são tão importantes quanto jogar e
aprender. Dormir é como dar um presente
ao seu corpo e mente, um tempo para
crescer, descansar e se renovar
para o novo dia de aventuras."

Tim olhava para a mamãe, intrigado. Ele gostava de ficar acordado até tarde, brincando ou assistindo seus desenhos favoritos. Mas, às vezes, ele acordava de manhã se sentindo cansado e tinha dificuldade para se concentrar durante o dia.

A mamãe percebeu o olhar pensativo de Tim e continuou: "Imagine que seu corpo é como um carro, Tim.
Se você continuar dirigindo sem parar, sem reabastecer, o carro irá eventualmente parar, certo?
Dormir é como reabastecer seu corpo".

Tim acenou com a cabeça, começando a entender.

48

"Mas não é só isso. Ao ter uma rotina de sono, indo para a cama e acordando no mesmo horário todos os dias, seu corpo aprenderá quando é hora de descansar e quando é hora de estar ativo. Isso tornará mais fácil para você adormecer à noite e acordar de manhã", completou a mamãe.

"Então," disse Tim, "eu deveria ter um horário para ir para a cama mesmo nos fins de semana?".

"Isso mesmo, Tim! Claro, pode haver ocasiões especiais para você ficar acordado até um pouco mais tarde, mas, na maioria das vezes, é bom manter uma programação consistente. E não se esqueça, a hora antes de dormir é um ótimo momento para se acalmar com uma história ou uma música suave."

Tim sorriu e assentiu, sentindo-se cheio de novas resoluções. A partir daquela noite, ele decidiu, tentaria seguir uma rotina de sono regular.
E, quem sabe, talvez os sonhos mágicos que a mamãe mencionou estivessem esperando para visitá-lo.

Faça um círculo no horário que você acha que deve ir para a cama.

55

Finalmente, a mamãe falou:
"Ao final do dia, Tim, seu corpo precisa de tempo para se acalmar e relaxar antes de entrar no mundo dos sonhos. Isso chama-se 'ritual pré-sono'".

Tim arregalou os olhos, interessado.
"Um ritual pré-sono?
Isso parece mágico!"

A mamãe riu, seu riso soando como o delicado tilintar de sinos de vento.
"É, de uma forma, uma mágica", disse ela.
"É um tempo especial só para você antes de adormecer, para que se prepare para os sonhos que estão à sua espera."

Ela deslizou ao redor do quarto de Tim, seus movimentos criando uma trilha brilhante de luz. "Pode começar arrumando seus brinquedos", sugeriu.
"Isso vai ajudar você a deixar as brincadeiras e aventuras do dia para trás."

Em seguida, a mamãe viu um monte
de livros na mesa de cabeceira de Tim.
"Ler algumas histórias é um caminho
maravilhoso para a terra dos sonhos.
Imagine que cada página é um passo na
escada que o leva a um sono tranquilo."

Tim sorriu, começando a gostar
da ideia de seus rituais pré-sono.
"E depois de ler?", perguntou.

"Bem, depois é a hora
de apagar as luzes,
fechar os olhos e deixar
os sonhos virem visitá-lo."

64

Tim sentiu-se repentinamente cansado, mas era um cansaço bom, acolhedor. Ele ansiava por experimentar seus novos rituais pré-sono. Talvez se preparar para a cama não fosse tão ruim afinal. Na verdade, começava a parecer uma das partes mais mágicas do dia.

"E lembre-se, Tim,
um bom sono é o segredo
de um novo dia cheio de
aventuras e descobertas."

No dia seguinte, Tim seguiu a sua nova rotina. Ele acordou revigorado, chegou a tempo na escola, brincou com os amigos, leu seu livro favorito e foi dormir no horário. Tim percebeu que, com a ajuda da mamãe, seu dia foi cheio de alegria e energia!

Dia após dia, Tim seguia a rotina que a mamãe sugeriu. Com o tempo, ele percebeu que se sentir cansado durante o dia era uma coisa do passado. Ele agora tinha energia para fazer suas tarefas, brincar e ainda tinha tempo para descansar.

E adivinhe? Tim nunca mais se sentiu cansado ou perdido, e ele descobriu o verdadeiro poder de ter uma rotina.

Nota para o leitor:

Agora é a sua vez!
Crie a sua própria rotina mágica e
veja como seus dias podem se tornar
ainda mais incríveis! Você vai se divertir
desenhando, colorindo e decorando
suas páginas com adesivos!
Vamos lá?